AF588957

9 mai 1885

Collection de M. H. P.

VENTE DU SAMEDI 9 MAI 1885

HOTEL DROUOT, SALLE N° 5.

DESSINS

ANCIENS

DES MAITRES FRANÇAIS DU XVIIIe SIÈCLE

BEAUX CADRES EN BOIS SCULPTÉ

EXPOSITION PARTICULIÈRE

Le Vendredi 8 Mai 1885, de 10 heures à midi

PUBLIQUE : Le même jour, de 1 h. à 5 h.

COMMISSAIRE-PRISEUR	EXPERT
Me **PAUL CHEVALLIER**	**M. E. FÉRAL**, peintre
10, rue Grange-Batelière, 10	54, Faubourg-Montmartre.

IMPRIMERIE PILLET ET DUMOULIN
RUE DES GRANDS-AUGUSTINS, 5, A PARIS.

DESSINS ANCIENS

DES MAITRES FRANÇAIS DU XVIIIe SIÈCLE

CATALOGUE

DE

DESSINS ANCIENS

DES MAITRES FRANÇAIS DU XVIIIe SIÈCLE

PAR

AVELINE, BAUDOUIN, BERNARD PICART,
BOILLY, BOUCHER, CARESME, CHODOVIECKI, DESRAIS,
EISEN, FRAGONARD, GRAVELOT, GREUZE, HUET,
HUBERT-ROBERT, LANCRET, LAVREINCE, LE MAY, LÉPICIÉ,
LE PRINCE, MALLET, MOREAU, PATER, QUÉVERDO,
ROWLANDSON, SAINT-AUBIN, SCHAL, TAUNAY, TRINQUESSE,
VAN LOO, WATTEAU, WILLE, ETC., ETC.

ENVIRON SOIXANTE CADRES EN BOIS FINEMENT SCULPTÉ

Formant la Collection de M. H. P.

DONT LA VENTE AURA LIEU

HOTEL DROUOT, SALLE N° 5,

Le Samedi 9 Mai 1885,

à deux heures.

COMMISSAIRE-PRISEUR	EXPERT
Me PAUL CHEVALLIER	M. E. FÉRAL, peintre.
10, rue de la Grange-Batelière.	54, Faubourg-Montmartre.

Chez lesquels se trouve le présent Catalogue.

EXPOSITION PARTICULIÈRE

Le Vendredi 8 Mai 1885, de 10 heures à midi

PUBLIQUE : Le même jour, de 2 heures à 5 heures.

CONDITIONS DE LA VENTE

La vente sera faite au comptant.

Les acquéreurs payeront cinq pour cent en sus des enchères applicables aux frais.

Tous les dessins composant cette collection sont très richement encadrés dans des cadres anciens en bois sculpté et doré.

Ils seront visibles chez M. Féral, à partir du Lundi 4 Mai.

Paris. — Typ. Pillet et Dumoulin, 5, rue des Grands-Augustins.

DÉSIGNATION

AVELINE

(DEUX PENDANTS)

1 — *L'Ouïe et la Vue.*

Dessins à la sanguine, gravés.

Haut. 22 cent.; larg., 17 cent.

BACHELIER

2 — *Portrait en buste de Mlle Clairon.*

Crayon noir, rehaussé de blanc sur papier bleu. A été gravé.

Haut., 16 cent.; larg., 12 cent.

BAUDOUIN

3 — *Le Repos dans le parc.*

Pastel de forme ovale.

Haut., 55 cent.; larg., 44 cent.

BERNARD PICART

4 — *La Bibliothèque Mazarine.*

Fin et curieux dessin, à l'encre de Chine.
Gravé.

Haut., 8 cent. 1/2; larg., 15 cent.

BERNARD PICART

5 — *Le Confessionnal.*

Spirituel petit dessin.
Plume et encre de Chine.

Haut., 04 cent.; larg., 06 cent.

BERNARD PICART (attribué à)

6 — *Réunion de notables dans un salon, sous Louis XIV.*

Très curieux dessin.
Plume et encre de Chine.

Haut., 13 cent.; larg., 17 cent.

BERNARD

7 — *Jeune femme vue de profil.*

En buste.
Dessin à la plume, de forme ovale.

Haut., 12 cent.; larg., 9 cent.

BOILLY (Louis)

8 — *Portraits des enfants de l'artiste. Trois têtes dans le même cadre.*

Charmants dessins, au crayon noir, rehaussés de blanc.

Haut., 14 cent.; larg.. 30 cent.

BOILLY (Louis)

9 — *Étude de Têtes parmi lesquelles on remarque Madame Roland et St-Just.*

Beau dessin, à l'estompe, rehaussé de blanc.

Haut., 37 cent.; larg., 25 cent.

BOISSIEU (J. J. de)

10 — *Environs de Lyon.*

Paysage d'une vaste étendue, traversé par une rivière. Au premier plan, une barque avec personnages, et sur le bord de la rivière, deux femmes.

Beau dessin au lavis d'encre de Chine.

Collection de M. le comte de la Béraudière.

Haut., 34 cent.; larg., 43 cent.

BOUCHER (François)

11 — *Le* Quos ego.

Neptune, apaisant la tempête qu'Éole avait excitée contre la flotte d'Énée.

En haut, des armoiries soutenues par des amours et une déesse assise sur des nuages.

Très beau dessin à l'estompe, rehaussé de blanc.

Signé et daté 1743.

Gravé par Laurent Cars.

Collection de M. le comte de La Béraudière.

Haut., 55 cent.; larg., 38 cent.

BOUCHER (F.)

12 — *Cour de Ferme.*

Au centre, une petite paysanne jette du grain à des poules.

Charmant dessin, au crayon noir, rehaussé de blanc.

Signé et daté 1751.

Haut., 17 cent.; larg., 27 cent.

BOUCHER (F.)

13 — *Figure mythologique.*

C'est une tête de jeune femme, les yeux levés vers le ciel, une flamme sur la tête.

Beau dessin, au crayon noir, rehaussé de blanc, sur papier gris.

Haut., 31 cent.; larg., 25 cent.

BOUCHER (F.)

14 — *Chérubins sur des nuages.*

Beau dessin, au crayon noir, rehaussé de blanc, sur papier bleu.

Haut., 28 cent.; larg., 20 cent.

BOUCHER (F.)

15 — *Un Sacrifice.*

Importante composition avec nombreuses figures.
Plume et sépia.

Haut., 36 cent.; larg., 46 cent.

BOUCHER (F.)

16 — *Les Baigneuses.*

Très joli dessin, à la pierre d'Italie.
Gravé par Huquier.

Haut., 21 cent.; larg., 16 cent.

BOUCHER (F.)

17 — *Études de figures dans un paysage.*

Jeune femme penchée, tenant un agneau dans ses bras et donnant la main à un enfant.

Paysanne vue de dos.

Sanguine.

Haut., 19 cent.; larg., 30 cent.

BOUCHER (F.)

18 — *La Bergère endormie.*

Joli dessin, à la pierre d'Italie.

Gravé par Huquier.

Haut., 22 cent.; larg., 18 cent.

BOUCHER (F.)

19 — *Bergère au repos.*

Charmant dessin, à la pierre d'Italie.

Gravé par Huquier.

Haut., 22 cent.; larg., 18 cent.

BOUCHER (F.)

20 — *Étude d'enfants.*

Deux dessins dans le même cadre, au crayon noir, rehaussés de blanc, l'un sur papier gris, l'autre sur papier bleu.

Haut., 17 cent.; larg., 22 cent.

BOUCHER (F.)

21 — *Tête de jeune Femme, vue de face, un diadème sur la tête.*

Joli dessin, à la pierre d'Italie.

Haut., 13 cent.; larg., 10 cent.

BOUCHER (F.)

22 — *Tête de jeune femme.*

Vue de profil, le regard porté vers le ciel, les cheveux nattés.

Pierre d'Italie.

Haut., 12 cent.; larg., 10 cent.

BOUCHER (F.)

23 — *La Lecture.*

Un jeune Chinois et une jeune Chinoise, assis dans un chalet rustique, font la lecture.

Charmant dessin, à la plume et lavis de bistre, rehaussé de blanc.

Gravé par Huquier.

Collection de M. le comte de La Béraudière.

Haut., 26 cent.; larg., 20 cent.

BOUCHER (F.)

24 — *Tête de jeune fille de profil.*

Dessin aux trois crayons, dans un cadre en bois sculpté.

Haut., 23 cent.; larg., 19 cent.

BOUCHER (F.)

25 — *Bergère, vue en buste, la tête de profil.*

Pierre d'Italie et sanguine.

Haut., 25 cent.; larg., 18 cent.

BOUCHER (F.)

26 — *Valet prenant des plats.*

Croquis à la sanguine.

Haut., 15 cent., larg., 12 cent.

BOUCHER (F.)

27 — *Jeune Bergère debout dans un paysage, tenant un panier au bras droit.*

Aux trois crayons, sur papier gris.

Haut., 31 cent.; larg., 22 cent.

BOUCHER (d'après F.)

28 — *Pastorale.*

Sépia.

Haut., 12 cent.; larg., 18 cent.

CARESME

(DEUX PENDANTS)

29 — *Nymphes et Satyres.*

Les uns dansent, les autres font une offrande devant l'autel de Bacchus.

Aquarelles gouachées.

Haut., 22 cent.; larg., 32 cent.

CARESME

30 — *Satyre surprenant une nymphe.*

Gouache.

Haut., 16 cent.; larg., 20 cent.

CARMONTELLE

31 — *Les Fâcheux.*

Comédie de Molière. Aquarelle.

Haut., cent.; larg., cent.

CHARLIER (d'après SCHAL)

32 — *Les Appas multipliés.*

Gouache dans un beau cadre Louis XVI, en bois sculpté, à chûtes de fleurs.

Haut., 37 cent.; larg., 27 cent

CHATELIN

33 — *Portrait de jeune Femme en buste, la tête de profil.*

Mine de pomb avec lavis d'aquarélle.

Ovale Haut., 15 cent.; larg., 13 cent.

CHODOVIECKI

(DEUX PENDANTS)

34 — *Arrivée sur le territoire suisse de la princesse Marie-Thérèse-Charlotte, le 26 décembre* 1795.

Entrée, dans le village suisse, des députés et ministre français prisonniers en Autriche, le 26 *décembre* 1795.

Ces dessins, au bistre, ont été gravés par Vinkeles et Vrydag.

Collection de M. le comte de La Béraudière.

Haut., 15 cent.; larg., 20 cent.

CLODION

35 — *Enfant couché sur une chèvre.*

A l'estompe, rehaussé de blanc, sur papier gris.

Haut., 21 cent.; larg., 27 cent.

COYPEL

36 — *Tête d'Ange.*

Pastel dans un cadre à fronton, en bois sculpté.

Haut., 30 cent.; larg., 23 cent.

DESRAIS (C.-L.)

37 — *Deux cadres renfermant huit dessins représentant des coiffures de l'époque.*

Ces dessins sont exécutés à la plume avec lavis d'encre de Chine et de bistre.

Ils ont été gravés, à quatre sur une même feuille, dans le livre intitulé : *Galerie des modes et costumes français*, ouvrage commencé en l'année 1778, dessiné d'après nature par Leclerc, Desrais, Martin, Simonet, Watteau fils et de Saint-Aubin. — A Paris, chez les sieurs Esnauts et Rapilly.

Haut., 14 cent ; larg., 11 cent.

DESRAIS

38 — *Un Artiste se disposant à faire le portrait d'une jeune femme.*

Sépia.

Haut., 13 cent.; larg., 09 cent.

DEVÉRIA (Achille)

39 — *Cinq vignettes pour une illustration de Faublas.*

A la sépia.

Haut., 19 cent.; larg., 07 cent.

DIJON

40 — *Tentation de saint Antoine.*

A la gouache.

Signé.

Haut., 24 cent.; larg., 29 cent.

DOLIVIE

41 — *Pêcheur à la ligne, auprès d'un pont.*

Fine gouache, rappelant les œuvres de Blarem-berghe, dans un joli cadre, sculpté.

Haut., 22 cent.; larg., 17 cent.

DROLLING

42 — *Une Mère et ses enfants.*

Pierre d'Italie.

Haut., 14 cent.; larg., 10 cent.

DROUAIS (HUBERT)

43 — *Portrait de jeune femme.*

Dessin à l'estompe, coloré au pastel.
Très beau cadre Louis XV, en bois sulpté.

Haut., 15 cent.; larg., 23 cent.

EISEN (Charles)

44 — *La Chute du danseur de corde.*

Charmant petit dessin, à l'encre de Chine, rehaussé de blanc.

Haut., 07 cent.; larg., 09 cent.

EISEN (Charles)

45 — *Quatre dessins pour illustrer* les Moissonneurs, *comédie de Favart.*

Gravés par Le Gouay.

Très beaux dessins, à l'encre de Chine, d'une remarquable finesse d'exécution.

Cadres Louis XVI, en bois sculpté.

Ovales.

Haut., 17 cent.; larg., 16 cent.

FRAGONARD (Honoré)

46 — *Jeune femme vêtue d'un élégant costume du temps de Louis XVI, assise sur un canapé.*

Beau dessin, à la sépia, daté de Rome 1774.

Haut., 36 cent.; larg., 27 cent.

FRAGONARD (H.)

47 — *Portrait de Madame Fragonard.*

Très beau dessin, à l'estompe et à la sanguine avec lavis.

Haut., 41 cent; larg., 30 cent.

FRAGONARD (H.)

48 — *Jeune femme lisant.*

Plusieurs enfants sont auprès d'elle.
Charmant dessin, à la sépia.
Vente Walferdin.

Haut., 22 cent.; larg., 17 cent.

FRAGONARD (H.)

49 — *Le Baiser.*

Crayon noir, rehaussé de blanc.
Vente Walferdin.

Haut., 21 cent.; larg., 27 cent.

GRAVELOT (Hubert)

50 — *Sujet fantastique.*

Un homme, tenant une torche, brûle ses livres, des femmes ailées ou portant divers attributs lui apparaissent dans la fumée que le vent chasse vers la gauche.

Très beau dessin, à l'encre de Chine, dans un encadrement rocaille.

Haut., 21 cent.; larg., 28 cent.

GRAVELOT (attribué à)

51 — *Sujet mythologique.*

Encre de Chine.

Haut., 13 cent.; larg., 8 1/2 cent.

GREUZE (Jean-Baptiste)

52 — *Jeune fille en buste.*

Elle regarde vers la droite; ses cheveux blonds sont relevés et serrés par un ruban bleu; une mantille est posée sur ses épaules.

Beau pastel.

Haut., 39 cent.; larg., 31 cent.

GREUZE (J.-B.)

53 — *Petite Paysanne coiffée d'un bonnet orné de rubans.*

Sanguine.

Haut., 30 cent.; larg., 25 cent.

HALL (attribué à)

54 — *La Famille de l'artiste.*

Croquis à l'aquarelle.
Forme ronde.

Diamètre, 06 cent.

HEIN-RAMBERG

55 — *Nymphes au bain.*

Belle miniature, dans un riche cadre en bois sculpté.
Signée et datée 1796.
Ovale.

Haut., 30 cent.; larg., 22 cent.

HUBERT ROBERT

56 — *Parc avec monuments en ruine et fontaine.*

Gouache.

Haut., 49 cent.; larg., 37 cent.

HUET (Jean-Baptiste)

57 — *Jeune femme pinçant de la mandoline. Portrait de Mme Huet.*

Elle est dans un encadrement de forme ovale, vêtue d'un élégant costume du temps de Louis XVI. coiffée d'un petit chapeau avec plumes.

Très beau dessin, à la pierre d'Italie et sanguine, dans un cadre Louis XVI, à nœuds de rubans et guirlandes de fleurs, en bois sculpté.

Gravé aux trois crayons par Demarteau.

Haut., 33 cent.; larg., 27 cent.

HUET (J.-B.)

58 — *Bergère poursuivie par un Amour.*

Très jolie aquarelle.
Signée et datée 1785.

Haut., 21 cent.; larg., 15 cent.

HUET (J.-B.)

59 — *Nymphe dans la campagne poursuivant des papillons et suivie par un Amour qui tient une torche enflammée.*

Très jolie aquarelle,
Signée et datée 1785. A été gravée.

Haut., 21 cent.; larg., 15 cent.

HUET (J.-B.)

60 — *Bergère au bain*

Jolie aquarelle.
Signée et datée 1781. A été gravée.

Haut., 19 cent.: larg., 28 cent.

HUET (J.-B.)

61 — *Les Amants à la fontaine.*

Jolie aquarelle, a été gravée.

Haut., 19 cent.; larg., 15 cent.

HUET (J.-B.)

62 — *Vénus et l'Amour.*

Jolie gouache, gravée sous le titre : Vénus bachique.

Cadre en bois sculpté.

Haut., 10 cent.; larg., 08 cent.

HUET (J.-B.)

(DEUX PENDANTS)

63 — *Pastorales.*

Gouaches de forme ovale.

Haut., 17 cent.; larg., 13 cent.

HUET (attribué à J.-B.)

64 — *Portrait de jeune femme.*

Dessin à l'estompe, coloré au pastel.

Haut., 23 cent.; larg., 15 cent.

ISABEY (J.-B.

65 — *Jeune femme dans un paysage.*

Sépia signée et datée 1808.

Haut., 26 cent. larg., 18 cent.

ISABEY (attribué à J.-B.)

66 — *Jeune femme la tête couverte d'un voile.*

Dessin à la mine de plomb, légèrement coloré à l'aquarelle.

Haut., 14 cent.; larg. 10 cent.

KAUFFMANN (Angelica)

67 — *Composition allégorique.*

Représentant des génies couronnant une jeune femme.

Sépia de forme ovale.

Haut., 13 cent.; larg., 10 cent.

KAUFFMANN (Angelica)

68 — *Jeune femme en buste, une guirlande de fleurs sur la tête.*

Encre de Chine.
Forme ovale.

Haut., 23 cent., larg., 20 cent.

LAGRENÉE (le jeune)

69 — *Les Chasseresses.*

Aquarelle signée en toutes lettres.

Haut., 25 cent.; larg., 36 cent.

LANCRET (Nicolas

70 — *Jeune homme et jeune femme assis.*

Études à la sanguine rehaussé de blanc, sur papier teinté.

Haut., 22 cent.; larg.31 cent,

LANCRET (Nicolas

71 — *Jeune femme vue à mi-corps.*

Étude pour une baigneuse.
Beau dessin aux trois crayons.

Haut., 20 cent.; larg., 24 cent.

LA TOUR (attribué à M. Quentin de)

72 — *Portrait de jeune femme.*

En buste, les cheveux blonds poudrés, coiffée d'un bonnet de forme cintrée orné de fleurs ; un nœud de satin rose noué autour du cou.

Charmant pastel, d'une fraîcheur de tons remarquable.

Haut., 37 cent.; larg., 28 cent.

LAVREINCE (Nicolas)

73 — *Le Billet.*

Aquarelle dans un joli cadre à fronton et chutes de lauriers, finement sculpté.

Haut., 18 cent.; larg., 13 cent.

LAVREINCE

74 — *Jeune femme assise dans un fauteuil.*

La tête de profil, tournée vers la gauche.

Joli dessin au crayon noir, rehaussé de blanc, sur papier gris.

Haut., 30 cent.; larg., 24 cent.

LAVREINCE (genre de)

75 — *Le Billet.*

Une jeune femme assise sur un canapé tient une lettre dont elle parcourt le contenu.

Gouache dans un beau cadre Louis XVI, en bois sculpté.

Haut., 38 cent.; larg., 29 cent.

LELU

76 — *Portrait de Mlle Allard, de l'Opera.*

Dessin à la pierre d'Italie.

Haut., 22 cent.; larg., 17 cent.

LE MAY

(DEUX PENDANTS)

77 — *Paysages avec chasseurs poursuivant un cerf.*

Jolies gouaches dans des cadres en chêne sculpté.

Haut., 13 cent.; larg., 19 cent.

LÉPICIÉ

78 — *La Marchande de fruits.*

Elle est assise sur des marches de pierre ; au second plan, une femme vue de dos.

Encre de Chine.

Signé.

Haut., 21 cent.; larg., 31 cent.

LE PRINCE

79 — *Femmes debout.*

Études pour des costumes de théâtre.

Haut., 30 cent.; larg., 43 cent.

LE PRINCE (J.-B.)

80 — *Jeune femme en buste.*

Sanguine.

Haut., 27 cent.; larg., 19 cent.

LE PRINCE (J.-B.)

81 — *Jeune fille russe, en buste.*

Sanguine et pierre d'Italie ovale.

Haut., 18 cent.; larg., 14 cent.

LE PRINCE (J.-B.)

82 — *Une Représentation de Guignol.*

Charmant dessin, à l'encre de Chine.
Forme ronde.

Diamètre : 15 cent.

LE PRINCE (J.-B.)

83 — *Jeune femme debout dans un parc.*

Sépia.

Haut., 29 cent.; larg., 20 cent.

LESPINASSE

84 — *Fête publique sous le Directoire.*

Fine et importante aquarelle animée par une multitude de personnages.

Haut., 40 cent.; larg. 55 cent.

MALLET

85 — *La Tasse brisee.*

Très belle gouache, dans un cadre Louis XVI, finement sculpté.

Haut., 27 cent.; larg., 36 cent.

MALLET

86 — *La Toilette de Psyché.*

Jolie gouache, d'une finesse d'exécution remarquable.

Haut., 23 cent.; larg., 31 cent.

MALLET

87 — *La Lettre de recommandation.*

Gouache.

Haut., 31 cent.; larg., 24 cent

MALLET

88 — *La Confidence.*

Gouache.

Haut., 31 cent.; larg., 23 cent.

MALLET

89 — *Le Roman défendu.*

Gouache.

Haut., 23 cent.; larg., 31 cent.

MALLET

90 — *La Demande accordée.*

Gouache.

Haut., 20 cent.; larg., 15 cent.

MALLET

91 — *Femme et enfant.*

Gouache.
Forme ovale.
Collection du comte de la Béraudière.

Haut., 14 cent.; larg., 11 cent.

MILLET (Francisque)

92 — *Paysage accidenté avec cours d'eau, figures et animaux.*

Aquarelle.

Haut., 22 cent.: larg., 32 cent.

MONOGRAMME G. V.

93 — *Vue de la serre chaude de M. de Saint-James, à sa maison de Neuilly.*

Très fine et intéressante aquarelle.

Haut., 24 cent.; larg., 32 cent.

MOREAU (Louis)

94 — *La Collation dans le parc.*

Plusieurs personnages sont assis, se disposant à prendre un repas, auprès d'un berceau de verdure; sur la gauche, un domestique prend les mets dans un panier.

Gouache.

Haut., 27 cent.; larg., 20 cent.

MOREAU (Louis)

95 — *Dames et seigneurs dans un paysage.*

Gouache, dans un joli cadre à fronton et chutes de lauriers, finement sculpté.

Haut., 17 cent.; larg., 12 cent.

MOREAU (Louis)

(DEUX PENDANTS)

96 — *Paysages avec cours d'eau et baigneuses.*

Fines petites gouaches de forme ronde, dans de très jolis cadres avec rubans et guirlande de fleurs sculptés.

Diamètre : 6 cent.

MOREAU (attribué à Louis)

— *Maison de campagne sous Louis XVI.*

Quelques personnages se promènent dans une cour ornée de corbeilles de fleurs; à gauche, des terrasses.

Gouache.

Haut., 17 cent.; larg., 25 cent.

MOREAU (attribué à Louis J.-M.)

— *La Reine Marie-Antoinette.*

Dessin à la sanguine, de forme ronde, dans un joli cadre en bois sculpté.

Diamètre : 08 cent.

NODIN (B.)

99 — *Baigneuses montées dans un bateau.*

Gouache, signée.

Haut., 13 cent.; larg., 19 cent.

PANDOLPHI

100 — *Tête de jeune femme.*

Dessin à l'encre de Chine de forme ronde.

Diam. 8 cent.

PATEL

101 — *Paysage avec constructions en ruine.*

Fine gouache, signée et datée 1691.

Haut., 16 cent.; larg., 22 cent.

PATER (J.-B.)

102 — *La Balançoire et deux hommes jouant du violon.*

Spirituels dessins à la sanguine.

Haut., 17 cent.; larg., 27 cent.

PATER (J.-B.)

103 — *Jeune femme assise et vue de dos.*

Sanguine rehaussée de blanc.

Haut., 18 cent.; larg., 15 cent.

PATER (J.-B.)

104 — *Jeune femme assise dans un paysage.*

Sanguine.

Haut., 19 cent.; larg., 17 cent.

PATER (J.-B.)

105 — *Femme assise tenant un enfant, et femme assise tournée vers la gauche.*

Deux dessins à la sanguine, dans le même cadre.

Haut., 19 cent.; larg., 14 cent.

PORTAIL (J.-A.)

106 — *Portrait de jeune femme.*

Mine de plomb et sanguine.

Haut., 13 cent.; larg., 9 cent.

QUÉVERDO

107 — *Sujet allégorique.*

Dessin à l'encre de Chine, forme ovale.

Haut., 19 cent.; larg., 15 cent.

ROSALBA

108 — *Portrait de jeune femme.*

Les cheveux relevés et poudrés, les épaules nues entourées d'une écharpe de mousseline.

Gracieux pastel, dans un cadre Louis XV, en bois sculpté.

Haut., 44 cent.; larg., 35 cent.

ROSLIN

109 — *Portrait de jeune femme.*

Dessin sur papier teinté, rehaussé de pastel.

Haut., 25 cent.; larg., 20 cent.

ROWLANDSON

110 — *La Promenade du Wauxhall.*

Aquarelle.
Collection Lavalette.
Fragment de la composition pour le Vauxhall.

Haut., 20 cent.; larg., 19 cent.

SAINT-AUBIN (Augustin de)

111 — *La Convalescence.*

C'est une jeune femme couchée, la tête dans un bonnet garni de dentelles.

Charmant dessin, à la mine de plomb, d'une exécution fine et spirituelle.

Signé du monogramme et daté 1765.

Haut., 19 cent.; larg., 14 cent.

SAINT-AUBIN (Augustin de).

112 — *Portrait de jeune femme.*

La tête vue de profil, à droite.

Fin dessin, à la mine de plomb, de forme ovale.

Haut., 11 cent.; larg. 9 cent. 1/2.

SAINT-AUBIN (Augustin de)

113 — *Paysage avec carrosse et seigneurs en promenade.*

Très curieuse aquarelle.

Haut., 13 cent.; larg., 17 cent.

SAINT-AUBIN (Aug. de)

114 — *La Sultane.*

Elle est assise, la tête de profil, vêtue d'un élégant costume oriental.

Fin dessin, à la mine de plomb et sanguine, dans un joli cadre sculpté.

Haut., 22 cent.; larg., 17 cent.

SAINT-AUBIN (Aug. de)

115 — *Jeune femme les mains dans un manchon.*

Joli dessin à la pierre d'Italie, légèrement rehaussé d'aquarelle.

Haut., 18 cent.; larg., 11 cent.

SAINT-AUBIN (attribué à GABRIEL DE)

116 — *Composition allégorique, représentant Louis XVI signant la Constitution.*

A la mine de plomb, relevé d'aquarelle.

Haut., 28 cent.; larg., 22 cent.

SAINT-AUBIN (attribué à GABRIEL DE)

117 — *Le Déjeuner sur l'herbe.*

Aquarelle dans un cadre Louis XV, sculpté.

Haut., 07 cent.; larg., 11 cent.

SAINT-AUBIN (attribué à AUG.)

118 — *Portrait d'un musicien.*

Très beau dessin, pierre d'Italie et sanguine, d'une remarquable finesse d'exécution.

Haut., 22 cent.; larg., 17 cent.

SAINT-AUBIN (attribué à Aug.)

119 — *Portrait d'homme.*

Dessin de forme ovale.

Crayon noir et sanguine, rehaussé de blanc.

Haut., 19 cent.; larg., 14 cent.

SAINT-QUENTIN

120 — *La Belle pleureuse.*

Joli dessin à la sépia, gravé par Françoise Deschamps.

Haut., 24 cent.; larg., 18 cent.

SCHAL

121 — *La Camargo tenant une guirlande de fleurs*

Gouache.

Haut., cent.; larg., 19 cent.

SCHAL

122 — *Jeune femme assise.*

Crayon noir.

Haut., 13 cent.; larg., 10 cent.

TAUNAY

123 — *Paysage avec forteresse et aqueduc.*

Au premier plan, un homme pince de la guitare, des femmes dansent se tenant par la main. Encre de Chine et sépia.

Haut., 24 cent.; larg., 33 cent.

TRINQUESSE

124 — *Jeune femme assise sur un canapé.*

Charmant dessin à la sanguine, rehaussé de blanc, sur papier gris, dans un beau cadre en bois sculpté.

Haut., 31 cent.; larg., 23 cent.

TRINQUESSE

125 — *Jeune femme debout, soulevant son tablier.*

A la sanguine, rehaussé de blanc.

Haut., 26 cent.; larg., 19 cent.

TRIPPIER-LEFRANC (Mme)

née Eugénie Le Brun

126 — *Portrait de femme.*

Dessin à la mine de plomb, légèrement coloré à la sanguine.

Haut., 26 cent.; larg., 21 cent.

VAN LOO (Carle)

127 — *Jeune femme en buste.*

Très beau dessin, crayon noir et pastel.

Haut., 40 cent.; larg., 33 cent.

VAN LOO (Carle)

128 — *Jeune homme et jeune fille*

Etude à la sanguine, rehaussée de blanc.

Haut., 20 cent.; larg., 26 cent.

VESTIER

129 — *Portrait de jeune femme.*

Dessin à la mine de plomb, légèrement coloré à l'aquarelle.

Ovale. — Haut., 16 cent.; larg., 13 cent.

WATTEAU (Antoine)

130 — *Têtes de jeunes femmes.*

Deux dessins aux trois crayons, dans le même cadre.

Haut., 13 cent.; larg., 16 cent.

WATTEAU (Louis)

131 — *Jeune femme assise.*

Costume de temps de Louis XVI et volumineuse coiffure, formée de plumes et de rubans.

Mine de plomb.

Haut., 21 cent.; larg., 13 cent.

WATTEAU (Louis)

132 — *Jeune femme dans un parc, pinçant de la guitare.*

Sanguine et crayon noir.

Haut., 20 cent.; larg., 15 cent.

WATTEAU (Louis)

133 — *Promenade dans un parc.*

Sanguine.

Haut., 21 cent.; larg., 14 cent.

WATTEAU (genre d'Ant.)

134 — *Un homme debout.*

Sanguine.

Haut., 12 cent.; larg., 08 cent.

WILLE (J.-G.)

135 — *Portrait du marquis de Marigny, directeur général des bâtiments.*

Debout, tourné vers la gauche; de la main droite, il déroule des plans posés devant lui sur une table.

Très beau dessin, à la sanguine, d'après le tableau de Tocqué, pour la gravure, par J. G. Wille en 1761.

Cadre en bois sculpté, surmonté des armes du personnage avec la couronne de marquis et la croix du Saint-Esprit.

Collection de M. le comte de La Béraudière.

Haut., 43 cent.; larg., 33 cent.

ÉCOLE FRANÇAISE

136 — *Cythère.*

Gouache dans un encadrement de guirlandes de fleurs, sur fond gris.

Haut., 26 cent.; larg., 48 cent.

ÉCOLE FRANÇAISE

137 — *Portrait de Mlle Bertin, modiste de la reine Marie-Antoinette.*

Pastel ovale.

Haut., 43 cent.; larg., 34 cent.

ÉCOLE FRANÇAISE

138 — *Jeune femme vue jusqu'aux genoux.*

Dessin au crayon noir, rehaussé de blanc, su papier bleu.

Haut., 14 cent.; larg., 11 cent.

ÉCOLE FRANÇAISE

139 — *Nymphe au bain surprise par un berger.*

Plume et sépia.

Haut., 32 cent.; larg., 22 cent.

ÉCOLE FRANÇAISE

(DEUX PENDANTS)

140 — *Jeunes femmes en buste, la tête de profil.*

Dessins au crayon et lavis d'aquarelle.
Ovale.

Haut., 16 cent.; larg., 13 cent.

ÉCOLE FRANÇAISE

141 — *Officier assis, écrivant.*

Crayon noir, rehaussé de blanc, sur papier gris.

Haut., 28 cent.; larg., 24 cent.

ÉCOLE FRANÇAISE

142 — *La mort du duc d'Orléans.*

Gouache.

Haut., 10 cent.; larg., 22 cent.

PETERS

143 — *La Dévideuse.*

Sanguine. Gravée par Chenillet.

Toile. Haut., 63 cent.; larg., 53 cent.

ÉCOLE FRANÇAISE

144 — *Portrait de jeune femme.*

Pastel.

Haut., 46 cent.; larg., 38 cent.

ÉCOLE FRANÇAISE

145 — *Un bal masqué, sous Louis XVI.*

Fin et curieux dessin, à l'encre de Chine.

Haut., 16 cent.; larg., 14 cent.

ÉCOLE HOLLANDAISE

146 — *Portrait de jeune femme.*

Encre de Chine.
Ovale.

Haut., 17 cent.; larg., 14 cent.

CADRES EN BOIS SCULPTÉ

DE DIFFÉRENTS STYLES

147 — *Un Cadre Louis XV, coins à fleurs.*

Dim., 44 cent. sur 34 cent.

148 — *Un Cadre italien, rocaille Louis XV.*

Dim., 44 cent. sur 34 cent.

149 — *Un Cadre ovale très fin, feuille d'eau et pirouettes.*

Dim., 31 cent. sur 25 cent.

150 — *Deux Cadres, feuilles d'eau.*

Dim., 64 cent. sur 47 cent.

151 — *Un Cadre Louis XIII, fleurs sculptées, couleur brune.*

Dim., 62 cent. sur 35 cent.

152 — *Un Cadre Louis XIII, fleurs entrelacées d'ornements.*

Dim., 62 cent. sur 49 cent.

153 — *Un Cadre cintré du haut, avec écussons soutenant des chutes de fleurs, feuilles d'eau et pirouettes.*

Dim., 61 cent. sur 42 cent.

154 — *Un Cadre Louis XIII, ornements très fins.*

Dim., 26 cent. sur 24 cent.

155 — *Un Cadre Louis XIV, très riche, à coins ressortis.*

Dim., 26 cent. sur 19 cent.

156 — *Un Cadre Louis XVI, très fin, lauriers-perles et feuilles d'eau.*

Dim., 26 cent. sur 19 cent.

157 — *Un Cadre Louis XIII, très fin, feuilles et fleurs à jour.*

Dim., 27 cent. sur 19 cent.

158 — *Un Cadre Louis XVI, feuilles d'eau et perles.*

Dim., 21 cent. sur 16 cent.

159 — *Un Cadre Louis XVI, ornements variés.*

Dim., 21 cent. sur 17 cent.

160 — *Large bordure Louis XIII, ornementée.*

Dim., 18 cent. sur 14 cent.

161 — *Un Cadre ovale Louis XVI, fronton avec nœuds et soubassements de chêne attaché par un ruban.*

Dim., 12 cent. sur 10 cent.

162 — *Un petit cadre Louis XIV, ornements très fins.*

Dim., 13 cent. sur 7 cent.

163 — *Un Cadre Louis XIV, en hauteur, avec écusson portant des* L *et des* M *enlacés, ornements, genre Berain.*

Dim., 30 cent. sur 22 cent.

164 — *Un Cadre ovale Louis XVI, très fin, ornements de piastres, feuilles d'eau et perles.*

Dim., 27 cent. sur 20 cent.

165 — *Petit Cadre ovale Louis XVI, perles et feuilles d'eau.*

Dim., 5 cent. 1/2 sur 4 cent. 1/2.

166 — *Petit Cadre ovale Louis XVI, à ornements très fins.*

Dim., 6 cent. 1/2 sur 8 cent.

167 — *Deux Cadres Louis XV, à jour et à coins ressortis.*

Dim., 16 cent. sur 16 cent.

168 — *Deux Cadres ovales, avec nœuds au fronton.*

Dim., 26 cent. sur 22 cent.

169 — *Un Cadre Louis XVI, très fin et très riche fronton, fourni de fleurs et de divers attributs en or, de différentes couleurs, rubans et perles.*

Dim., 19 cent. sur 14 cent.

170 — *Un Cadre Louis XVI, feuille d'eau et perles.*

Dim., 25 cent. sur 13 cent.

171 — *Deux Cadres Louis XV, très mouvementés.*

Dim., 21 cent. sur 16 cent.

172 — *Un Cadre Louis XVI; à canaux, feuilles d'eau et perles.*

Dim., 39 cent. sur 26 cent.

173 — *Deux Cadres Louis XIV, aux armes de France et de Savoie; cadres historiques, très fins de sculpture.*

Dim., 23 cent. 1/2 sur 16 cent. 1/2.

174 — *Un Cadre, large bordure, feuilles d'acanthe et perles.*

Dim., 28 cent. 1/2 sur 23 cent. 1/2.

175 — *Un Cadre Louis XIV, ornementation genre Berain.*

Dim., 16 cent. sur 13 cent.

176 — *Un Cadre Louis XV, à contours ornementés de coquilles.*

Dim., 42 cent. sur 34 cent.

177 — *Un Cadre ovale, moulure Louis XVI, avec nœud sur le haut, attaché par un clou.*

Dim., 25 cent. 1/2 sur 20 cent. 1/2.

www.ingramcontent.com/pod-product-compliance
Ingram Content Group UK Ltd.
Pitfield, Milton Keynes, MK11 3LW, UK
UKHW021644260726
13994UKWH00003B/1268